樹木の沈黙

石井 宏紀
ISHII KOHKI

22世紀アート

目次

樹木の沈黙

時間が日付を超えた四時間ほどのちに
旅から戻った後
しばらく顔を置き忘れている

太陽の位置のわずかな移り変わり
住み慣れた家なのに
何もかも初めて見るよう
夏虫の鳴き声が遠く近く
耳を澄ませば海から潮騒すら聞こえてくる

防潮堤の先は浜だった
幾重にも折り重なった葉の隙間から
落ちてくる木漏れ陽のように
腹の底には
幽かなにがりのようなものがわだかまっていた

あの時の友人の
駄目押しのひと言に立ち止まる
言葉の途切れた空白に
耳朶は集中して
何か必死に捉えようともがいた
不安と焦燥が心の中で増幅してくる

小鳥の囀りと樹木の沈黙
歓喜と躊躇と形容しがたい立ち位置に
岩肌から陽炎が立ち昇り
今年の花を終えた萩の茂みに
そっとわたしはからだを預けた

陽はとっくに沈んでいるのに
水平線はまだ明るかった

樹洞

視線は文字の連なりから離れて空の向こうに流れて行き　眼下に拡がる森の断片や樹木に
辿り着く　曲った下り路を風に逆らいながら歩き続けた　坂路を転倒しないように一歩一
歩と踏みしめ丁寧に確認して下りて行った　見慣れない場景や通り過ぎる見知らぬ人々に
出くわし　やがて街の重なり合う喧噪な時間にからだを斜めにずれ込みながら入る

そこは青春の残酷さの生々しい逆らいようのない程の生命力で　今稼動して遥か遠くに解
き放たれて　手の届かない全く別世界の匂いだった　暗い海峡の向こうに啓く未知の街の
ことを深く思う　青春は必ず過ぎ去って　生きてそして死んでいく　その道を人生という
のだ　表皮に穴を穿てば　必ずさらに深い部分の鉱脈に触れてしまう樹洞

先ず物が用途を次いで形を失い　それを用いた人を失い　さらに名前までも失われかけ
中断したままの論文を眺めては推敲し　前頭葉を占める空白に埋まる幾つかの語彙から一
つひとつ文字を浚おうとする　こうしていても　もしかして自分が自分のことを全く勘違
いしているのではないか　真っ白な飛行機雲が西から東に青空を突っ切って行ったのを眺
めるともなく眺めている

滑らかに時には澱みながら　わたしたちは互いに途切れていた生活の糸を　結び合わせては　羨望と蔑視の入り混じった感情を発したり内に込めたり　あ！　何処かでサイレンが鳴り　赤ん坊の泣き声が立ち　暴走するオートバイの轟音　セイタカアワダチ草の群生の黄色い海　往き交う人々の脚の下を犬が一匹身をよじるように駆け抜けて行った　漣のひとつない沈黙が声を湖に呑み込む

陽射しを浴びて緑は硝子の光沢を浮かべ　そこから光りの溜りが震えながら移動する　北向きの部屋は影を落として中庭の樹木は涼風を送る役割を今は果たしている　太陽に向かって聳える二本の煙突の煙が二つ尾を引いて途中で消える　ここが未だ天地を縦横に駆け巡って生きていた狼であるような原生地表を焼き尽くす　午後の陽射しの死に絶えた鎮もりに包まれている

今初めて故郷の土地に別れようとしている　夕陽は長い旅路を生きて　希望も絶望も全てを抱き締めて永遠に静かな眠りの中へ　真っ赤に燃えながら堕ちていくあたりは少しずつ陽が陰り　街路樹の足許の鋪道の掘り返した工事の跡を見詰めながら歩き始めた

今新しい門をわたしは潜ろうとしている

鉄工場の板塀

春の夕暮は五月というにぶり返した寒さに震えて
皮膚全身がピリリと締まる
洗剤の泡が膨れ上がるように扇動して蠢き
あっという間に冷たい風に吹き飛ばされた足許の枯葉
さすがの五月の夕空も
永遠にこの街に留まることはできない

迂回路を巡る流れは
目の前の河口にまで辿り着いて
思うさま泥の堆積をそこにぶち撒ける
人生の既定台本からはみ出した人間社会
行きたくないのに
少しずつ引き寄せられていく同調圧力
崩壊後の廃墟の原野　それでもわたしは頑なに
泊り船の帆柱か　直立して迷はない

鉄工場の板塀

田畑の畔に落雷で引き裂かれた一本杉
強烈な光線を漉き込んだ黄色く傷んだ葉脈
壊れた瑠璃を
どうにかもう一度修復して
掌にそっとのせているのか

夕空に置いてきぼりの西陽が
向かいのすりガラスに反射して虚空に光を放つ
そこを横切り一斉に羽ばたき翔る鴉
長ながと続く鉄工場の板塀が拡がっていた
がしかし
今そこに人影はない

暮れ落ちた夕べに梵鐘が鎮もる
空の一角に遠雷

嘘

バス停でバスを待っていた。
やがて窓側の座席に坐り、
外の風景を見るともなく眺めている。
大きなセメント工場、断続的なクレーンの爆音。
やがてタバコ屋、ラーメン屋、居酒屋、
皆シャッターが下りている…ゴーストタウン。

この動と静の中を縫って行くと、
周囲の底知れぬ静謐をわたしの中に深めていった。

あなたというヒトにまつわる景色、
音、匂いから逃げていきたかった。
無邪気な、
何か失敗をしでかした子供のように、
わたしはそのまわりを走り廻っていた。
叶うことなら、

その先に発現する場景を
わたしは独り見ていたかった。

ブランコとシーソー、像ライオンの子供椅子。
暮時になると、
西陽を受けて長い影を伸ばしていく。
ドブが薄く留まり、
そこに映る月光の油膜の紅色と重なっている。
遠く近く、高く低く、
懐かしい太鼓の音が、
微かに何処からともなく響いて来た。

あなたが去った後の、
静けさに呼応できないでいる。
もっと喧噪の渦巻の中に、
埋没したかった。
そして本当は、
あなたに思い切り嫌われたかった。

波止場

春先に忘れものでもしたように
二日程前からそれとなく気付いてはいた
紅梅のひと枝の先に花びらがひとつ
記憶の糸を手繰って
季節を跨いで咲いていた

地面へ滑空して来て
五、六歩進んでは止まり
また進んでは止まる　ツグミ
シベリアで繁殖して大群になって
遠い記憶に呼び寄せられて
海を越えてはるばるここまで飛んで来た

真っ直ぐに空を貫く巨木の頂から
狂ったように
百舌の鋭いひと鳴きが地面を突き刺して
飛び立った

湖畔にはわたしだけが取り残されたのか
ほかには人影一つ動いてはいない
波止場から船も曳き離されてもはや一艘だにない
遠く近く声明《しょうみょう》が高く低く
途切れ途切れにここまで届いた

シャボン玉

広葉樹の多い山は濡れたなめし革
陽の当たる所も当たらない所も光っていた

今日をそして明日をまさぐっても
ここでは
川は止まったまま流れることを忘れている
見上げると雲雀だけがせわしく囀っていた

磯には舟小屋が幾つにも並び
杭には無数の貝殻が付着していた
手前には
ところどころに低い灌木の茂みがある
その灌木も時には折れる

わたしの飛ばしたシャボン玉
柔らかい陽差しを浴びて七色に輝き
頭上でしばらく漂ってから
糸が切れたように
ゆっくり上空に昇っていった

風は冷たく岬はまだ眠っている気配である

霧雨

生死のあわい
生きそこなっているのか
死にそこなっているのか
強く意を決めた
舞い上がりそして舞い降りる

ガラス扉の向う
からだを曝け出して
現わになって存在する流木や廃船
流木も廃船も確かに生きて
はるばるここまでやって来た
朽ちた孤独に郷愁

海の底へ夕陽が沈む
天空と地上と海底とを

今、将に
ひとつに結ばれるその一瞬の現場に
わたしは立ち会っている

仲秋の一晩　この限られた時間に
姿を顕す御仏に
もう一度閉ざされた扉を叩いて
ヒトの哲理を
激しく問うてみたい

空を見上げると眼には認められない程の霧雨であった

空不異色　（無いものも見える在るものとして）

どうせ自分自身から逃げきれるわけではない
紅葉の季節はもうすぐ終わりかけていた
意味もなくレインウエアのフードをかぶり直した

しばらく走っていると
だんだん記憶の目の前の通りが
一致してくるのが分かった
自分を世間にすりあわせるよう
お互い言い分はあるのに核心には触れない

鐘撞き堂を見回しながら境内を歩いた
このままずっと遠くに行きたかった
傲慢さと自意識の強さが
うっとうしく厭わしくてたまらない

澄み渡った秋の空気に
陽ざしが黄色く滲んでいた
自己憐憫が自己否定が
良いものを
何も生まないことは分っていた

ここまで来たら
対岸側にある阿弥陀堂に行くことにした

忘れない顔忘れた顔そして覚えている貌

木漏れ日の秋口に、あなたは手を翳して笑っていた。それも照れ笑いのようすだった。辛いとは一言も謂わないで、その崩れた表情がわたしを幸せにした。認知症の母親を見送り、そして今度は父親なんですね。それでも何時も冗談を交えて、母の失敗や父の失敗を一見愉しそうにわたしに語った。わたしには出来ない。辛い下の世話やその臭いのことなど、あなたは喜ぶようにわたしに語った。

わたしも母を見送っていた。辛い。一日中、あたまを縛られ、時間を縛られ、わたくし事を制限された。このままいっそ、母を失くし、自分を失くして、蓮の花が咲くと言う場所に行きたかった。外に出るのは、唯一買い物の時間だった。スーパーに行く途中に、三叉路に陸橋が架かっていた。そこを渡るたびに、足許の道路がわたしを呼んでいるようだった。しかもここで楽になった人たちを何人も知っていた。

母が居なくなり、在り日の母が陽の当たる縁側で縫物をしている。笑顔を絶やさない母は、戦乱の世を生き抜いてわたしを育てた。何時も前向きに、いいじゃない、それいいじゃない、とわたしを諭していた。この母が在ってのわたしであった。

父は戦死していたから、一人っ子のわたしは大事に育てられた。縁側から眺めては、目の前に聳える山の紅葉や雪景色をわたしに諭した。五坪そこらの小さな畑で、夏にはトマトや葉物野菜を採って手渡してくれた。あなたが居なくなり、ここの縁側は静かになった。日を追って、月日はあなたを遠ざけようとする。お手玉のことも、歌留多のことも、わたしの記憶の中へ霞むように放り込んでいく。山を渡る風が麓に降りて来て、頬を撫でて行った。今日の風はとても冷たい。

遠く電話のベル

時がためらいながら
同じ景色をゆっくり流している
灰色に浮かび上がった連山
幾つかの山は削られて岩肌が露出し
小雨は一日中降り通して
止む気配すらない

大潮の日には
干潟の海の底が顕れて来る
車体をかしげたユンボが
そこにシャベルを突っ込んで
堆積した砂利を浚っていた

　釣れる釣れないじゃない
空のバケツを引っ提げて

今ここから出かけることが大事だ
黒斑点のバナナの皮を剥きながら
己に言い聞かせるようでも
誰かに問うているようでもあった

突然
緊張と静寂を破って
クマゼミの鳴き声が
空に広がる楠の枝葉の隙間から降り始めた
わたしは動けないまま空バケツを左手に
ただそこに佇立している

遠く電話のベルが鳴った

葦

めぐる山々を
ダムの水面が倒影している
夕風が吹いて来て
時々こまやかな漣を走らせると
草の香りが強くたった
水底までもかすかに揺れ始めたか

水面の襞がさっきより陰を深める
賑やかさから切り離された静寂と緊張
時そのものの耐えがたい緊迫感に
わたしは長く息を凝らしていた
霧雨に煙って見え隠れする鎮守の森

まゆみの樹は
霜が二、三度谷間に降りると

秋には無数の小さな鈴の花実が割れ
濃い牡丹色になる
わたしは仰ぎ続けて
秋風を想いつのりながら
身じろぎもできずそこにいた

空は己が隠すようにくすんだ深淵で
ふっと雲の輪郭が幾重にも歪む
すだく虫の音《ね》は広がり
遥か彼方から歴史を曳いて
ここまで響いてくる

遠く濡れた風が葦を揺らした

待っている

絶え間なく川風が家の中に流れて
川面の霞を春の光は溶かしていた

深い目が表層の底にはある
幾つかの矛盾が生じて辻褄が合わなくなり
天神さまの裏手の路へ出た
橋の袂の交差点に立ち止まって
それから捜しものを求め始める
菜の花畑が低い空に深く浮かんだ

甘え方を知らず　許し方を知らず
怒り方　くつろぎ方を知らない
ここまで来たら
大声でぶちまけたい衝動
「ひな鳥をおや鳥から放したらいけん！」

行くか行かないかのどちらしかない
国道を西へ向かい
何がしかが待っている！
防潮堤の方へ歩きだした

バスを待つベンチ

大人になってもその奥に幼い頃の姿を見てしまう
大人になった今もわからない自分が
親になって一層わからなくなってしまった
わたしは鍵を失くした

コスモス　行合いの空　夏雲と秋雲　残滓
いつまでも何を逃げている　何を追いかけている
川はゆるやかに蛇行しながら
葦の生い茂る中州を抱いて流れている
土手の茂みでは虫がすだいていた
西の空にはまだほんのわずかに夕陽が残っている
道の両側はもう赤く色づいた葉の樹林の海

もっと大きく深い何かをめちゃくちゃに毀したい
それでもたるんでいる紐は切れはしない
追いつこうとする気はあるけれど目や耳に届かない
誰かの囁きが聞こえる　わたしは既にここまで来ていた
もうどこへも行かなくていい

バスを待つベンチに老爺の影は無い

遠いところで半鐘が鳴っていた

地の涯　海の涯　天の涯
半世紀余りの昔を　天の一角に想い描く
曳いて行く遠浅の干潟の真上の半月に
漁火が明滅する　座礁した石積船
船の残骸のまわりには貝類が蝟集していた

昔の匂い　今の匂い　それぞれの彩り
慄きは霞の青の中に透き通った
意識の中に遠ざかっていく
祖父の日記の一行を思い出している

蓼の葉の茂る疎水淵の小径を進む
頭上で激しい稲妻の炸裂
風は後方から吹き捲くって
千切れ雲は反対方向に流れていた

肩のあたりに見つけた小さな過去の傷
低い山の樹々から樹々を揺らしている風
薄暗くて寒い苔色の河原に後ろ手を組みながら
冬の野良仕事は麦踏みから始まる
マユミの花の鈴が揺れていた空の中
遠いところで半鐘が鳴っていた

Tシャツ

ここまで来てしまうと川の水は息を潜めて流れることがない
岸辺の杭に身を寄せる片方だけのスニーカー　落葉は杭に堰き
止められて腐り始めている　別の杭には赤黒い布切れが一枚張
り付いていた　どれもこれも動けない

決して口にしてはならない語彙が胸の底から這い出しそう　で
もわたしの言葉の先にはずっと宛名がなかった　Tシャツを前
後逆さに着てしまった違和感　これまでとは違う引出しを迂闊
にも開けて　とんでもないものを見せたくてたまらなくなる衝
動　虚に等しく死に近い　それを寂寥と言う　直ぐ近くにある
のに遠かった　誰の心にもある淀み　人生とは己と人と妥協の
旅人　時を超えてやって来る気《け》嵐《あらし》

振り返ると来た道が微かに遠くへ消えかけている　もう二度と
元へは戻れない　抱えて来た荷物を流してしまった方がよほど

楽なのに　ヒトは物悲しくも懐《ふところ》に溜め込んでしまう
稲刈りの済んだ田圃には株が規則正しく並んでいた　藍色の空
は遥かな稜線におだやかに支えられている

スターダスト

食って生きていくだけで大変　なまじ白黒つけようと上塗りして壊してしまう　ヒトって奴は時々自分では納得いかないままに別な自分が勝手に行動してしまう　体力とか精神力とかそんなものでない　もっと奥深くにある精を奪っていく病い　何処かもどかしく捉えどころのない思いを追いかけて行く

流砂のような都会で自立して生きる　するとかっていた場所の人達のすべてが遠く薄い存在になる　深海の底で熟睡していた激しい情熱が少しずつ膨らんで来て　しばらくは動きを止めたかのような時間になった

錆びた鉄条門を潜り石段を駈け登ると　枯れ枝に囲まれたひなびた緩やかな坂路に出くわす　息せき切ったままにそこのベンチに倒れ込んだ　仰ぐと堂々たる星座の陰に想像を絶した数のスターダストがひっそりと埋め込まれている　ただ生きるため

に働いただけなら何もここを出て行く必要もなかった　こんな
結果になっても出発点を間違っていたとは思わない
船虫の這いまわる堤防の上を思い切り走った　その先は波が昏
く冷たく砕く深海の入口である

碧空へ

幽かな光の翳を頼りに
わたしは封筒の端を丁寧に啓いていった
海の匂いが足心《そくしん》からからだを貫いて
百会《ひゃくえ》まで上り詰めて
激しく揺さ振った

やがてからだは
より高さを求めて天へ延び
雲の梯子を一段いちだんと確かめながら
太陽の降りそそぐ光を探して
ヒトの世の来し方を数え始めていた

柚子の樹にしがみついていた黄実が外された翌日
重りを喪った樹は
バランスの崩れた孤独を抱き締めて
身震いすると
背筋を伸ばし
一直線に天空に向って奔り出していた

何も可も産み落とした樹木は
わたしの来し方をも抱き締めて
碧空へと飛翔した

夜は

川べり伝いに流れて来る遠い風に
潮の香りが含まれていた
防砂の低い松林を抜けた先には穏やかな海

東の空が白み始め
やがて太陽が現れるのを
当たり前のこととして待っている
水平線には入道雲が立ち昇って
空はもうすっかり夏の容《かたち》になっていた

まだ一度も足を踏み入れたことがない
闊達さと強靭さと寛大さ
意を決し
わたし自身を一まとめにして一歩踏み出した
この地の半年後の空はどうなっているのか
この空にもいつか
別な光が射すことがあるだろうか

「風が吹かなければ帆船は動きません」

川の流れは静かで
音として耳には聞こえながらも
わたしの中までには届いて来ない
いちばん大切なことを
あの時言い残してしまったような気がする
列島の重み以上の重さ
バーボンのソーダ割り　グラスのシャンパン

はちきれそうな動揺と狼狽と不安を
隠そうにも言葉が見つからない
別の世界の別の出来事かのように急に遠くなった
さらにかぶさる空気が地面の膚を引っ掻いた
風の途絶えた夕暮時に
空の色も乾いて遠退いていく

さっきまで差し込んでいたレモン色の陽光が
ふたたび灰色の雲に遮られていた
壊れたブランコ　壊れたジャングルジム
遮るもののないここの公園は隈なく灼かれて
夕焼けが
紫色から暗紫色になるまで長い時間がかかった

確実に夜は忍び寄っている

裂け目

今朝は一艘の船も出ていない
海が荒れ果てていた
岩陰の荒磯は波が大きな岩を噛んでいる
霧が烈しく呻きながら左方向へ流れていた

沈降海岸
稜線は右へ肩を落とし海底へ潜り込んでいる
ときどき樹林で郭公が鳴きその声が止むと
「おーい」どこかで誰かが木霊した
尾を引きながら
震えるように山襞を這い上がって空へ消える

山容が黒さを増してくると宙に浮かんだ
風は海底に頭を突っ込み
せり上がる急峻な山をなぞり上げる
海が身震いしながら霞んでいた
黒い岩の塊やテトラポットに打ち寄せる潮騒は
激しく唸り呻く
水平線は幽かな裂け目の向こう側の光を零していた

死者は生者と別の場所にいるか同じ場所か
羅漢の像
少年の日の予感
遠いところに置いて来た記憶を手繰り寄せる
太く捩じれた百日紅の幹から屋根へ枝を這わせ
伸びた藤蔓がそれを絡んでいた

雨烟

梅雨時の雲は低く垂れ込めて
雨粒もときおり落ちていた
地面を湿気らすほどの降りの中
どこかで溜め息もどきの
長い息を抜く喉笛が聞こえる

風はないと感じられたが
眼を空に凝らすと
雨烟の奥から走りくる林の梢が
僅か小刻みに揺らいでいる
それから突然
甲高いざわめきをこちらに向かって天空に立てた

にわかに遠くの街並は一面灰色につながった

雨に呼応して
からだの細胞という細胞がごく僅かずつ膨らみ
眠れない夜の時間の経つ感覚
もどかしい精気が
おのずと拒むともなく撥ね返した

岩と樹とそして
水の匂いがこの山中では濃い
ここには光の加減が
天と地の暮れ切るまで消えなかった
やがて樹林が賑やかにゆっくりと傾いて崩れた

岩

冬山の湧水口にそっと身を沈めていた風が立ち上がった
枯れた芒の穂が波になってこちらへちらちら光る
湖はすべてを押し流して波の音を運んでくる
何処からともなく早春の鳥の囁きが聞こえてきた
声は水をくぐって幾つにも重なりたゆたっている

マユミの樹木が落葉した枝を空に拡げる
その隙間を抜けてふくらむ風を頬に当てた
岸辺の廃船の竜骨がいまだにそこに坐っていた

遠くの空を朱く染めながら水面に呑み込まれていく夕陽
満月から新月に戻った頃
遠い地鳴りのような夜の底の声を優しく聴く
廃船からながく留まっていた水苔の香りが鼻を突いた
わたしは傍の岩の無表情に閉じこもるばかりだ
ここにはヒトの気配とてない

時をこえて

果のなる樹は栗も椎もみな葉のあとに落とす
凍てつく冬さえも先に落ちた葉に抱かれて安らかに眠る

この冬初めて雪が舞った
雪明りで辺りが霞んで見える
顔に当たったこの冷たい風は雪の上を渉って来たもの
立木があちらこちらで激しく音を立てて次々と裂ける
…温度が急激に下がった

やがて朽ちた葉に包まれた果の種は時をこえて
春に目覚めて枯葉の隙間から双葉を生む
周りの輪郭が未だぼやけている春霞
陽の落ちる杉の梢に橙色の陽が当たり始めていた
盤上の駒の指す場を模索する指先は迷い
もう一手の言葉を探している
今にも次の言葉が零れそうな予感…

　行方に迷いながらわずかに残った光の中を歩いて行く
まるでここでは火が窒息から免れたように燃え上がり

地磁気測定装置や羅針盤の針は狂ったように揺れた

ガードレールが軋んでやがて貨物列車の雄姿
見上げる空にはゆっくりと下降して来る飛行機
その後を追い走っては止まりまた走っては数小節の休止
遠く去って行く一点に引き寄せられて
見えなくなるまでその跡を見送っている
…何処からともなく流れて来るフォーレのレクイエム
路の狭く大きく曲りくねった角に海の匂いがした

夏草の道端のやけにゆらゆらと蜻蛉が燃える中
わたしは放課後の生徒のいない校庭に一人立っている
乾いた地面に白いほこりが舞い
陽射しは朝方から強まって気温は上がっていった

やがて一雨ごとに秋がやって来て
草木の色が塗り替えられ
硝子戸を横に開け雨戸を上に引き開ける
外は昼間だというのに薄暗く
激しい雨脚が裏の雑木林からこちらへ色彩を奪って来る
そんな戸外へ何故か無性に出てみたい

尋ねるのは

彷徨《さまよ》うのである

ここがどこか
それがなにか
どうしてか
正しいことへの
湖の深さを
本当に測っているのかどうか
自問してみた

見ているものの実相
これからの成り行きに生まれる
人生の潔さと傲慢さ
この掌の　ほんの
この掌の納得するまで

目は閉じないでいる
その哀しみをも　喜びをも
湖の深さが未だ分からない内は
こうして自問している間は
あなたを訪《と》えないではないか

いつかきっと爽やかな青空はある
わたしがあなたを尋ねるのは
そこからだ

発見

石段を一つ二つと数えながらあなたは登っていく
途中沢の水が溢れて危険を憶えたのか
でも掬ってこともなげに呑みました
それから沢を跨いで新しい小岩に立ち
わたしに振り向けたその顔は優しい笑顔
水は澄んでそして美味しかったの？

幾つもの石段を超えて沢の水を超えて
そして思いもよらない顔に会えたの？
洗面所の鏡の顔を「わたし」と思い込んでいたの？

前頭葉を一つばかり刺激したことで
美しいと言うか醜いと言うか顔が別にもあるということ
初めてそれが大人の顔だと気付いたの？
これからも変わっていくことを
あなたは発見したのです

法螺貝

昼下りの太陽が照りつけている夏に
独り上の道に出る
季節が一変して風が光った
忽ちからだが深い虹色に変わる

昨夜の夜風に
そよいだ木々の梢や葉の動きが懐かしい
朱色の空の廻り出す時間が過ぎ去って行った
空の果てへ独り果敢に立ち向っている
離岸流

鐘撞き堂の下に曲がりくねった黒松の樹…一本
「幸不幸の帳尻は死ぬとき決まる」
頑張って来た造りの果でも酒が火落ちした
そんなこと

掛けて来た時間まで否定することになるのか

その声に呑み込まれ
わたしはこの世の裂け目の縁を渉り
一旦手離そうとした青写真を手元に引き戻した
離岸流

西方の上空は青々と透き通って
やがて地平との間《あわい》に
真っ赤な茜を溶かし込んで耀き渉っている

何処からともなく遠く法螺貝が高く低く鳴り始めた
独り吹くのは　誰か

雷鳴と雷光と

樹のひげ根が邪魔になる石を避けたり　他の樹の根の間を潜ったりして水と養分を吸っている　自分が何のために生きて来たのか　ここまで来て漠然とではあるが解りかけた気がしていた

大きな黄色い月が庭のプラタナスの葉の隙間から出て来た　裏帳簿に騙され　数か月も心の底に淀んだ答えの出せなかった問題がここに来て解けだそうとしている　線香花火の終りかけた火の玉から間を置いてバシバシ飛び散った細かい火花にも似て

雷鳴と雷光はいっそう激しくなって　自分の内部に生まれた動揺をさらに揺さぶった　これは何か変哲な間違いをしでかしたのではないか　からだから長い間かかって絞り出た油脂なのか

夜道に日は暮れない　どの位時間が過ぎていっただろう　夜は
まだ十分には明け切ってはいなかった　賑やかさから切断され
たこの静寂と緊張　まだ未だこの道は終わろうとはしていない

裏通り

捩れた梅の古木に遅咲きの白い花がいくつか残っていた
少し収まっていた風がふたたび吹き戻す

外階段を半分ほど上ったところで振り返った
季節に取り残された風の音や遠く離れた波の音が語りかける
からだの中に堆積した自分の声が逆流し始め
過去の一場面がわたしに強い既視感を投げた

ヘッドライトの光の束の先に見えないものを見ようと凝視した
シナリオの次のページへめくった　過去と違う星を捜している
ガラス戸が音を立てて鳴り始める
商店街を自転車が急カーブを軋ませて通り過ぎた

遠いジェット機の爆音が一機近づいて来る
風もまた激しい音を立てて吹き過ぎて行った
歳月が急《せ》かしくからだの中で逆転していく
倒れたコップの水は解《ほど》けて容《からだ》を自由にした
向かいの乾いた石塀が上から徐々に白くなっていって
気付かないようなにわか雨が滲み始めていた
空と山並みの境目を灰色が煙立たせる

宵の色が濃くなると五階建てビルは黒一色に塗りつぶされ
やがて灯が下から点々と高まっていく
何かが急に心の中でふくれ上がった　時が立ち止まる
公園にはジャングルジム　ブランコ　滑り台
手前を右に曲ると
廃線で残った鼠色の駅舎が独り時代を取り残していた

不用品回収車の声音《こわね》が裏通りを過ぎて行った

冬枯れ

サザンカ　ツワブキ
海の匂いがした
苔むした石塀の向こうには海がある
痩せた獣の背中のような岩肌の露出した小高い丘陵に
まばらな落葉樹が数本生えていた

わたしは独り我が家に戻っていた
足りない文字がある
短い沈黙が落ちた
時間とは輪廻の生存そのものである
雨が白く冷たく
何も無い我が家を足早に壊していく
空《くう》を切る竹刀《しない》の音が耳朶を擦過した

片靴を足探りで両靴に履き替え
冷え切った飛び石へ踏み出した
山ふところの中へ自分の位置を確かめている
見上げると四角く切り取られた狭い空の下
遠山近山の濃淡は重複していた

　サザンカ　ツワブキ
何をしに来た
弦が絶たれたように何も鳴らない
静けさで塵までもが微動だにせずひと粒ずつ見えた
時間もひとつにまとまらず半端にちぎれて宙に浮かぶ
何もしないでいると何かをするよりつらい
野の果ての林の梢がわずかに揺らいだ

空を切る竹刀の音がまた耳朶を擦過した

雪消月半《ゆきぎえづき》ば

晴れた日
山は冬枯れの木立が錯綜する
葉のあるのは松や杉だけ
麓の雑木林の陽だまりではしきりに百舌が空気を切り裂く

話の筋は通っている　理解もできる
しかし納得はしない
すべてが空回りしてすれ違って
遠ざかって元に戻らない
隣近所の家が新しくなった分
ここの一軒だけ時間の流が取り残された

自分の声がひどく遠くから聞こえてくる
息を詰めてこらえた
言葉は胸奥の襞に貼りつき浸み込んでいく
悲嘆も無念も悔恨も

時にふるいにかけられて
ただひとつの物想いだけがここに残された

風が電線を鳴らす　空が青く高く広い
なにか色をひとつ塗り重ねるのを忘れてしまった
綺麗すぎる空
山懐から湧き出る清冽な流れも
下流になるほど濁ってくる
思わず空に向かって叫び出しそうになった
ずるくて卑怯で弱くて
情けないことをしたくてしょうがない

それでも
いずれ何事もなかったように日常は戻ってくる

「梅の一鉢でも買ってみるか」
円い花弁に似た千切れ雲が
二月半ばの空に重なり離れ東に流れていた

気韻

夕闇の濡れ縁から一日が暮れてから
まだ間もない時刻に見つめているのは何かといえば
それは時間よりほかにない
ここには今にもひざまずく自分の姿がある
停滞しながらも余計に失速を剝き出す時間に
ある体感が乗り移り耽っている
眼の穴、鼻の穴、口の穴、耳の穴
それらのものが分解されれば
ほんの無意味な断片に帰納してしまうにちがいない

土や泥がまだ息をしていた頃の道に
百の人生千の人生の地紋が
さまざまに交差しながらそこここに残っていた
銀杏の古樹が眩しい
有り余る精気を繊細にたわめ光があなたを見なければ
あなたは存在しないことになる　だから

その一つの妙なる証として古樹に納得させられてしまう

薄い日常に亀裂が色濃く口を開く
この山の不可思議な気韻《きいん》にいつも打ちのめされ
春の霞、夏の驟雨、秋の霧、冬の時雨
秋に限らず足許の草の葉に摑まり
どの季節でも夜露の中に溶け込むわたしを感じた
こうして蛇はみずから蛇を
わたしはみずからわたしを知ることになる

見上げた陽の影が薄れていくオレンジの空に
宵の明星が出ていた
遠い世の音が自分の中に共振してくる
茜空は完璧な楽章で満たされ
それこそこの世の嚆矢《こうし》と終焉《しゅうえん》が
時空を超えて高い余韻と低い余韻を放っていた

明けると
朝の磯の静けさを椿の花が吸っている

溶けきらないココアのだま

昨日が巻き戻ったみたいに
日々同じことを繰り返す

枯れた茎が痩せこけた骨のように
水の引いた泥田の上に突き出ている
山の斜面は無数の枝や幹から灰色に被って
いまだ芽立の気配はない

臆病さと背中合わせの不器用さ
それからの優しさ
地虫のくぐもった鳴き声が聞こえる
声はまるで遠いこだまを聞くような
時間差で足許まで届いてきた

今いる場所は自分が離れたかったところから

とんでもなく遠いようにも
一歩も動いてないようにも思えた

遠くへ行きたいというのは
詰り繰り返しから逃れることだった

ひとりの死は何もかもすべてを手遅れにする
死者はもう死ぬことはない
どこに帰ろうと迷うこともない
溶けきらないココアのだまみたいに
頭の底にこびりついた化石

祭りのあと
片づけられていく屋台を眺めている
見上げた夜空に満月が膨らんでいた

あとがき

令和五年一月十日四時五十分、最愛なる妻・桂子《けいこ》（旧姓落合）永眠、七十七歳。令和三年十月二日の金婚式から一年余りが過ぎていた。思いやりと優しさ、体力を上回る気力と実行力には幾たびも頭が下がる。二人の遺伝子を長女・由美子と長男・登に繋げてくれて感謝。この詩集を追悼詩として捧げる。

敗戦（終戦とは言わない）で、日本は「天皇制」と「日本語」を失おうとしていた。良し悪しは別として、世界でも稀にみる天皇制の継続。そして国土は三分割を免れた。完全独立国でなくても、自由主義社会で生活できて、日本語が自由無制限にしゃべれる。

世界でも稀な日本語言語・粘着語とか膠着語とか言われ、欧米の屈折語や孤立語とは異にする。生まれたときから使ってきた日本語をこれからも使っていい。こんな嬉しいことはない。

二つの職場を六十七歳で退職し、軽井沢へ妻との一泊旅行。

翌朝静かな池の淵に立って、野鳥の囀りに抱かれ、無性に詩を描きたくなった。「軽井沢の朝」を描いてからの作詩を始めてここまで来た。

日本語はひらがな・カタカナ、漢字に漢数字、横書き縦書き、自由自在である。同じ系列の韓国語との開きは大きい。こんなマジックのような日本語を開発してきた先人に、感謝以外の何ものでもない。

最後に、22世紀アート取締役・野沢光昭氏の支えがなかったなら、この詩集は顕れなかった。その労苦に報いることができたのか心許ない。ここに只感謝申し上げます。

二〇二四（令和六）年九月

石井宏紀

著者略歴

石井 宏紀（いしい・こうき）

昭和 15（1940）年

山梨県北都留郡上野原町上野原字向《む》風《かぜ》に生まれる（現 上野原町上野原）。

樹木の沈黙

2024年11月30日発行　　著　者　石井宏紀
発行者　向田翔一

発行所　株式会社22世紀アート
〒103-0007
東京都中央区日本橋浜町3-23-1-5F
電話　03-5941-9774
Email: info@22art.net　ホームページ：www.22art.net

発売元　株式会社日興企画
〒104-0032
東京都中央区八丁堀4-11-10 第2SSビル 6F
電話　03-6262-8127
Email: support@nikko-kikaku.com
ホームページ：https://nikko-kikaku.com/

印刷
製本　株式会社PUBFUN

ISBN：978-4-88877-319-5